My First French Book:

Où est le bébé

(French Edition)

Sujatha Lalgudi

Un livre d'images pour les enfants

Translation: Audrey Marcel

Où sont les yeux du bébé?

Les voici, deux yeux qui font des clins d'oeil.

Où est le nez du bébé?

Le voici, un nez brillant.

Où est la bouche du bébé?

Les voici, des lèvres roses.

Où sont les oreilles du bébé?

Les voici, deux oreilles
qui entendent.

Où sont les doigts du bébé?

Les voici, dix jolis doigts.

Où sont les orteils du bébé?

Les voici, dix orteils.

Où est le nombril du bébé ?

Le voici.

Où est le bébé?

Me voilà !

Où est le bébé.

Bébé, il est temps de dormir.

Bonne nuit.

Fais de beaux rêves bébé.

The End.